AF593039

# LE JOLI RECUEIL.

# TABLE DES PIÉCES

## *Contenues dans ce Recueil.*

# LE JOLI RECUEIL,

*OU*

## L'HISTOIRE DE LA QUERELLE LITTÉRAIRE,

Où les Auteurs s'amusent *en amusant le Public*

A GENEVE,

Chez les Libraires Associés des Œuvres du Grand Voltaire.

M. DCC. LX.

# LETTRE
## *A MESSIEURS*
## LES PARISIENS.

# LETTRE

## A MESSIEURS

## LES PARISIENS.

MESSIEURS,

Je suis forcé par l'illustre M. Freron de m'exposer *vis-à-vis* de vous. Je parlerai sur le *ton* du sentiment & du respect ; ma plainte sera marquée *au coin* de la bienséance, & éclairée du FLAMBEAU de la vérité. J'espere que M. Freron sera confondu *vis-à-vis* des honnêtes gens qui ne sont pas accoutumés à se *prêter* aux méchancetés de ceux qui n'étant pas *sentimentés* font *métier & marchandise* d'insulter le *tiers & le quart*, sans aucune *provocation*, comme dit Ciceron dans l'Oraison *Pro Muræná*.

Messieurs, je m'appelle Jerome Carré, natif de Montauban. Je suis un pauvre jeune homme sans fortune ; & comme je me trouve forcé de m'exiler de ma Patrie, à cause que M. Lefranc de Pompignan m'y persécute, je suis venu implorer la protection des Parisiens.

J'ai traduit la Comédie de l'Ecossaise de M. Hume. Les Comédiens François & les Italiens vouloient la représenter. Elle auroit peut-être été jouée cinq ou six fois ; & voilà que M. Freron employe son autorité & son crédit pour empêcher ma Traduction de paroître, lui qui encourageoit tous les jeunes gens, quand il étoit Jésuite, les opprime aujourd'hui.

Il a fait une Feuille entiere contre moi. Il commence par dire méchamment que ma Traduction vient de Geneve, pour me faire *suspecter* d'être hérétique. Ensuite il apppelle M. Hume, M. *Home* ;

& puis il dit que M. Hume le Prêtre, Auteur de cette Piéce, n'eſt pas parent de M. Hume le Philoſophe. Qu'il conſulte ſeulement le Journal Encyclopédique du mois d'Avril 1758: Journal que je regarde comme le premier des 173 Journaux qui paroiſſent tous les mois en Europe; il y verra cette annonce p. 137: *l'Auteur de Douglas eſt le Miniſtre Hume, parent du fameux David Hume, ſi célébre par ſon impiété.* Je ne ſçai pas ſi M. David Hume eſt impie. S'il l'eſt; j'en ſuis bien fâché, & je prie Dieu pour lui, comme je le dois. Au moins eſt-il certain que l'Auteur de l'Ecoſſaiſe eſt M. Hume le Prêtre, parent de M. David Hume: ce qu'il faloit prouver, & ce qui eſt très-indifférent.

J'avoue, à ma honte, que je l'ai cru ſon frere; mais frere ou Couſin, il eſt l'Auteur de l'Ecoſſaiſe. A la vérité dans le Journal que je cite, l'Ecoſſaiſe n'eſt pas expreſſément nommée: on n'y parle que d'Agis & de Douglas; mais c'eſt une bagatelle. Il eſt ſi vrai qu'il eſt l'Auteur de l'Ecossaise, que j'ai en main plusieurs de ses Lettres, par lesquelles il me remercie de l'avoir traduit. En voici une que je soumets aux lumieres du charitable Lecteur. *My dear translator* : mon cher Traducteur ; *You have commited many a blunder in y*r *per formanu* : vous avez fait plusieurs balourdises dans votre Traduction ; *You have qui te impoveris h'd the caracter of Wasp, and you have blotted vut his chastitement at the end af the Drama* : vous avez affoibli le caractere de Frelon, & vous avez supprimé son châtiment à la fin de la Piéce.

Il est vrai, & je l'ai déja dit, que j'ai fort adouci les traits dont l'Auteur peint son *Wasp*. Ce mot *Wasp* veut dire *Frelon* ; mais je ne l'ai fait que par le conseil des personnes les plus judicieuses de Paris. La politesse Françoise ne permet pas certains termes que la liberté Angloise employe volontiers. Si je suis coupable, c'est par excès de retenue, & j'espere que Messieurs les Parisiens, dont je demande la protection, pardonneront les défauts de la Piéce en faveur de ma circonspection.

Il semble que M. Hume ait fait sa Comédie uniquement dans la vue de mettre son *Wasp* sur la Scene, & moi j'ai retranché tout ce que j'ai pu de ce Personnage. J'ai aussi retranché quelque chose de Milady Alton pour m'éloigner moins de vos mœurs, & pour faire voir quel est mon respect pour les Dames.

M. Freron, dans la vue de me nuire, dit dans sa Feuille p. 114, qu'on l'appelle aussi *Frelon*, que plusieurs personnes de mérite l'ont souvent nommé ainsi. Mais Messieurs, qu'est-ce que cela peut avoir de commun avec un Personnage Anglois dans la Piéce de M. Hume? Vous voyez bien qu'il ne cherche que de vains prétextes pour me ravir la protection dont je vous supplie de m'honorer.

Voyez, je vous prie, jusqu'où va sa malice! Il dit, p. 115, que le bruit courut long-temps *qu'il avoit été condam-*

*né aux Galeres*, & il affirme qu'en effet, pour la condamnation, elle n'a jamais eu lieu. Mais, Messieurs, que M. Freron ait été aux Galeres quelque temps, ou qu'il y aille, quel rapport, je vous en supplie, cette Anecdocte peut-elle avoir avec la Traduction d'un Drame Anglois? Il parle des raisons qui *pouvoient*, dit-il, *lui avoir attiré ce malheur.* Je vous jure, Messieurs, que je n'entre dans aucunes de ces raisons. Il peut y en avoir de bonnes, sans que M. Hume doive s'en inquiéter. Qu'il aille aux Galeres ou non, je n'en suis pas moins le Traducteur de l'Ecossaise. Je vous demande, Messieurs, votre protection contre lui. Recevez ce petit Drame avec cette affabilité que vous témoignez aux Etrangers.

J'ai l'honneur d'être avec un profond respect,

MESSIEURS,

*Votre très-humble & très-obéissant Serviteur* JEROME CARRÉ, *natif de Montauban.*

# PLAIDOYER DE RAMPONEAU, HONNÊTE CABARETIER DE LA COURTILLE, PRONONCÉ PAR LUI-MÊME DEVANT SES JUGES.

MAîTRE Beaumont, dans ce siécle de perversité, pense-t-il que les graces de son style séduiront ses Juges : que ses plaisanteries les éguaieront : que les tours insidieux de son éloquence les séduiront ?

Remarquez d'abord, Messieurs, avec quelle adresse Maître Beaumont supprime mon nom de Batême ! Il m'appelle Ramponeau tout court, voulant vous insinuer par cette réticence que je ne suis pas batizé; & qu'ainsi n'ayant pas renoncé aux pompes du Démon, je peux me montrer sur le Théâtre sans avoir rien à risquer; que je suis un enfant de perdition qu'on peut abandonner aux plaisirs de la multitude, sans craindre de perdre une ame déjà perdue.

Je suis batizé, Messieurs, & mon nom est *Genest de Ramponeau*, Cabaretier de la Courtille.

Vous avez tremblé, ô Gaudon ma Partie! & vous son éloquent Protecteur, vous tremblez à ce nom de *S. Genest*, qui ayant paru sur le Théâtre de Rome, comme vous voulez me produire sur celui du Boulevart, ou Boulevert *, fut miraculeusement converti en jouant la Comédie. Il convertit même une partie de la Cour de l'Empereur, si on m'a dit vrai: il reçut la couronne de martyre, si je ne me trompe. Vous me préparez, M^tre^. Beaumont, un martyre bien plus cruel: vous me criez d'une voix triomphante: montrez-vous, Ramponeau, ou payez.

Je ne payerai point, Messieurs, & je ne me montrerai sur le Théâtre. J'ai fait un marché, il est vrai; mais comme dit le fameux Grec dont j'ai entendu parler à la Courtille:

* On devrait dire Boulevert, parce qu'autrefois le Rempart était couvert de gazon, sur lequel on jouoit à la boule. On appellait le gazon le verd, de-là le mot *Bouleverd*, terme que les Anglais ont rendu exactement par *Bauolin green*. Les Parisiens croyent bien prononcer en disant Boulevard. Le pauvre Peuple!

„ Si ce que j'ai promis est injuste, je n'ai rien
„ promis. „

Mtre. Beaumont prétend que si Jean Jacques Rousseau, Citoyen de Genève, s'est fait voir marchant à quatre pattes sur le Théâtre des Fossés St. Germain, Genest de Ramponeau ne doit point rougir de se montrer sur ses deux pieds. Mais la Cour verra aisément le faux de ce sophisme. Jean Jacques est un Hérétique, & je suis Catholique. Jean Jacques n'a comparu que par Procureur, & on veut me faire comparoître en personne. Jean Jacques a comparu en dépit des Loix ; & c'est en vertu des Loix qu'on veut me montrer au Peuple. Jean Jacques a été faiseur de Comédies, & je suis honnête Cabaretier. On sçait ce qu'on doit à la dignité des Professions. Néron voulut avilir les Chevaliers Romains jusqu'à les forcer à jouer sur le Théâtre ; mais jamais il n'osa y contraindre les Cabaretiers.

Si la Cour avoit pû lire un petit livre que Jean-Jaques Rousseau, indigné de sa propre gloire, & honteux d'avoir travaillé pour les Spectacles, a lâché contre les Spectacles mêmes, elle verrait que ce Rousseau préfère hautement les Marchands de Vin aux Historiens : il ne veut pas que dans sa Patrie il y ait de Comédie. Mais il y veut des Cabarets ; il regrette ce beau jour où il vit dans son enfance tous les Genevois yvres ; il souhaite que les filles dansent toutes nues au Cabaret.

Nous espérons que les mœurs se perfectionneront bientôt, jusqu'à parvenir à ce dernier dégré de la politesse ; & alors Mtre. Beaumont, lui-même, sera très-assidu chez moi à la Courtille, il ne songera plus à me produire sur le rempart. Il sentira ce qu'on doit à un Cabaretier.

Feu Monsieur le Cardinal de Fleuri disait que les Fermiers Généraux étaient les colomnes de l'Etat ; si cela est, nous sommes la baze de ces colomnes, car sans nous plus de produit dans les Aides. Et sans Aides, comment l'Etat pourrait-il aider ses Alliés, & s'aider lui-même contre ses ennemis ? Mr. Silhouette, qui a tenu le tonneau des Finances moins de temps que je n'ai tenu ceux de mes Vins de Brie, a voulu faire quelque peine au Corps des Fermiers ; mais il a respecté le nôtre.

Si nous sommes nécessaires à la puissance temporelle, nous le sommes encor plus à la spirituelle, qui est si au-dessus de l'autre. C'est chez nous que le Peuple célèbre les Fêtes ; c'est pour nous qu'on abandonne, souvent trois jours de suite dans les Campagnes, les travaux nécessaires, mais profânes, de la Charüe pour venir chez nous sanctifier les jours de salut & de miséricorde ; c'est-là qu'on perd heureusement cette raison frivole, orgueilleuse, inquiète, curieuse, si contraire à la simplicité du Chrétien, comme Mtre. Beaumont lui-même est forcé d'en convenir ; c'est-là qu'en ruinant sa santé on fournit aux Médecins de nouvelles découvertes; c'eſt-là que tant de filles, qui peut-être auraient langui dans la ſtérilité, acquierent une fécondité heureuſe qui produit tant d'enfans bien élevés, utiles à l'Egliſe & au Royaume, & qu'on voit peupler les grands chemins pour remplir le vide de nos Villes dépeuplées.

Que dira M[tre]. Beaumont ſi je lui montre les ſaints Rituels où ſont excommuniés les fauteurs du Théâtre, c'eſt-à-dire, les Rois, les Princes, les Sophocles & les Corneilles? Un Cabaretier, au contraire, eſt eſſentiellement de la Communion des Fidèles, puiſque c'eſt chez lui que les Fidèles mangent & boivent.

Les Fermiers Généraux eux-mêmes, quoiqu'ils fuſſent tous Chevaliers dans la République Romaine, quoiqu'ils ſoyent colomnes chez nous, ſont maudits dans l'Ecriture. *S'il n'écoute pas l'Egliſe, qu'il ſoit regardé comme un Payen, ou comme un Fermier Général. Sicut Ethnicus & Publicanus.*

L'Apôtre ne dit point qu'il ſoit regardé comme un Cabaretier de la Courtille : il s'en donne bien de garde.

Au contraire, c'eſt par un Cabaret, & même par une Cabaretière que les premiers triomphes du ſaint Peuple Juif commencèrent. La belle Raab, vous le ſçavez, Meſſieurs, tenait un Cabaret à Jérico, dans le vaſte Pays de Setim, elle était *Zonah*, du mot Hebreu *Zun*, qui ſignifie Cabaret, & rien de plus; & c'eſt ce que je tiens de M. Tellès, qui vient ſouvent chez moi. Elle reçut les eſpions du ſaint Peuple ; elle trahit pour lui ſa Patrie ; elle fut l'heureuſe cauſe que les murailles de Jérico étant tombées *au bruit de la Trompette & des voix des Juifs, la Nation chérie tua les hommes, les femmes, les filles, les enfans, les bœufs, les brebis & les ânes.*

Quelques Interprètes ſoutiennent que Raab était nonſeulement Cabaretiére, mais fille de joye. A Dieu ne plaiſe que je contrediſe ces Grands Hommes ; mais ſi elle avait été une ſimple fille de joye, une fille de rempart, Salmon, Prince de Juda, aurait-il daigné l'épouſer ? Je laiſſe le reſte à vos ſublimes réflexions.

Vous voyez, Juges auguſtes du Boulevard & de la Courtille, quelle prééminence eut de tous les temps le Cabaret ſur le Théâtre. Vous frémiſſez de l'indigne propoſition de Mtre. Baumont, qui prétend me faire quitter la Courtille pour le Rempart : j'oſe plaider ma cauſe moimême, parce que là où la raiſon eſt évidente, l'éloquence eſt inutile. Si elle ſuccombait cette raiſon quelquefois mal accueillie chez les hommes, je mettrai alors ma cauſe entre les mains de Mtre. Mannourri, célèbre dans l'Univers, qui a fait imprimer ſes Plaidoyers lus de l'Univers ; & l'Univers entier jugera entre Gaudon & Ramponeau.

Je vois d'ici Mtre. Baumont ſourire ; je l'entends répéter ces mots d'Horace, ce Poëte du Pont-Neuf que j'ai oui ſouvent citer, *Perfidus hic Caupo,--Cauponibus atque malignis; ce fripon de Cabaretier, ces Cabaretiers malins.* Il aura recours même à l'Encyclopédie, ouvrage d'un ſiécle que j'ai entendu nommer de Trajan; car à quoi n'a-t-on point recours dans une mauvaiſe cauſe? L'Encyclopédie, à l'article Cabaret, prétend que les loix de la Police *ne ſont pas toujours rigoureuſement obſervées dans nos maiſons.*

Je demande juſtice à la Cour de cette calomnie: je me joins à Mtre. Paliſſot, Mtre. Lefranc de Pompignan & Mtre. Fréron, contre ce Livre abominable. Je ſçavois déjà, par leurs Emiſſaires mes Camarades ou mes Pratiques, combien ce Livre & leurs ſemblables ſont pernicieux.

Une foule de Citoyens, de tout ordre & de tout âge, les lit au lieu d'aller au Cabaret. Les Auteurs & les Lecteurs paſſent dans leur Cabinet une vie retirée qui eſt la ſource de tant d'attroupemens ſcandaleux : on étudie la Géométrie, la Morale, la Métaphyſique, l'Hiſtoire. De-là ces Billets de Confeſſion qui ont troublé la France, ces Convulſions qui l'ont également déshonorée, ces cris contre des contributions néceſſaires au ſoutien de la Patrie, tandis que les Comédiens recueillent plus d'argent par jour aux repréſentations de la Piéce charitable contre les Philoſophes, que le Souverain n'en retire par le maintien du Royaume. Ces déteſtables Livres enſeignent viſiblement à couper la bourse & la gorge sur le grand chemin, ce qui certes n'arrive pas à la Courtille, où nous abreuvons les gorges & vidons les bourses loyalement.

Je conclus donc à ce qu'il plaise à la Cour me faire donner beaucoup d'argent par Gaudon, qui a la mauvaise foi de m'en demander en vertu de son marché, faire brûler le Factum de Mtre. Beaumont, comme attentatoire aux Loix du Royaume & à la Religion. *Item*, faire brûler pareillement tous les Livres nouveaux qui pourront, soit directement, soit indirectement, empêcher les Citoyens d'aller à la Courtille, & leur procurer le plaisir honteux de la lecture.

Signé, *RAMPONEAU.*

DE VOLT. *Avocat.*

# LE RUSSE
# A PARIS.

# LE RUSSE A PARIS.

*Petit Poëme en Vers Alexandrins, composé à Paris au mois de Mai* 1760, *par Mr.* Ivan Alethof, *Secretaire de l'Ambassade Russe.*

TOUT le monde sçait que Mr. ALETHOF ayant appris le François à Archangel, dont il étoit natif, cultiva les Belles-Lettres avec une ardeur incroyable, & y fit des progrès plus incroyables encore. Ses travaux ruinerent sa santé. Il étoit aisé à émouvoir, comme Horace, *Irasci celerem*; il ne pardonnoit jamais aux Auteurs qui l'ennuyoient. Un Livre du Sr. Gauchat, & un Discours du Sieur Le Franc de Pompignan, le mirent dans une telle colere, qu'il en eut une fluxion de poitrine. Depuis ce temps, il ne fit que languir, & mourut à Paris le premier Juin 1760, avec tous les sentimens d'un vrai Catholique Grec, persuadé de l'infaillibilité de l'Eglise Grecque. Nous donnons au Public son dernier Ouvrage, qu'il n'a pas eu le temps de perfectionner : c'est grand dommage ! mais nous nous flattons d'imprimer dans peu ses autres Poëmes, dans lesquels on trouvera plus d'érudition, & un style beaucoup plus châtié.

# LE RUSSE A PARIS.

## DIALOGUE.

LE RUSSE, LE FRANÇOIS.

LE FRANÇOIS.

VOus avez donc franchi les mers Hyperborées,
Ces immenses déserts & ces froides contrées,
Où le fils d'Aléxis, instruisant tous les Rois,
A fait naître les arts & les mœurs & les loix.

Pourquoi vous dérober aux ſept Aſtres de
l'Ourſe ?
Beaux lieux où nos François, dans leur ſçavante
courſe,
Allerent de Borée arpentant l'horiſon,
Geler auprès du Pole applati par Neuton ;
Et dans ce grand projet utile à cent Couronnes,
Avec un quart de cercle enlever deux Laponnes ;
Eſt-ce un pareil deſſein qui vous conduit chez
nous ?

## LE RUSSE.

Non, je viens m'éclairer, m'inſtruire auprès
de vous,
Voir un peuple fameux, l'obſerver & l'entendre.

## LE FRANÇOIS.

Aux bords de l'Occident que pouvez-vous ap-
prendre ?
Dans vos vaſtes Etats vous touchez à la fois
Au pays de Chriſtine, à l'Empire Chinois ;
Le Héros de Narva ſentit votre vaillance ;
Le brutal Janiſſaire a tremblé dans Byzance ;
Les hardis Pruſſiens ont été terraſſés,
Et vainqueurs en tous lieux, vous en ſçavez
aſſez.

## LE RUSSE.

J'ai voulu voir Paris : les fastes de l'histoire
Célébrent ses plaisirs & consacrent sa gloire.
Tout mon cœur tressailloit à ses récits pompeux
De vos arts triomphans, de vos aimables jeux.
Quels plaisirs ! quand vos jours marqués par vos conquêtes
S'embelissoient encor à l'éclat de vos fêtes !
L'Etranger admiroit dans votre auguste Cour
Cent filles de héros conduites par l'amour ;
Ces belles Montbazon, ces Châtillon brillantes,
Ces piquantes Bouillon, ces Nemours si touchantes,
Dansant avec Louis sous des berceaux de fleurs,
Et du Rhin subjugué couronnant les vainqueurs ;
Perrault du Louvre auguste élevant la merveille ;
Le grand Condé pleurant aux Vers du grand Corneille ;
Tandis que plus aimable, & plus maître des cœurs,
Racine, d'Henriette exprimant les douleurs,
Et voilant ce beau nom du nom de Bérénice,
Des feux les plus touchans peignoit le sacrifice.
Cependant un Colbert en vos heureux remparts
Ranimoit l'industrie, & rassembloit les arts :

Tous ces arts en triomphe amenoient l'abondance.
Sur cent Châteaux aîlés les Pavillons de France,
Bravant ce peuple altier, complice de Cromwel,
Effrayoient la Tamise, & les Ports du Texel.
Sans doute les beaux fruits de ces âges illustres
Accrus par la culture & meuris par vingt lustres,
Sous vos sçavantes mains ont un nouvel éclat;
Le temps doit augmenter la splendeur de l'Etat;
Mais je la cherche en vain dans cette Ville immense.

LE FRANÇOIS.

Aujourd'hui l'on étale un peu moins d'opulence;
Nous nous sommes défaits d'un luxe dangereux;
Les esprits sont changés, & les temps sont fâcheux.

LE RUSSE.

Et que vous reste-t-il de vos magnificences?

LE FRANÇOIS.

Mais——nous avons souvent de belles remontrances (*a*)
Et le nom d'Ysabeau * sur un papier timbré,

* Greffier du Parlement de Paris.

NB. Voyez les Notes indiquées par des Lettres Alphapétiques à la fin.

Est

Eſt dans tous nos périls un ſecours aſſuré.

LE RUSSE.

C'eſt beaucoup ; mais enfin, quand la riche
Angleterre
Epuiſe ſes tréſors à vous faire la guerre,
Les papiers d'Yſabeau ne vous défendront pas ;
Il faut des matelots, des vaiſſeaux, des ſoldats....

LE FRANÇOIS.

Nous avons à Paris de plus grandes affaires.

LE RUSSE.

Quoi donc ?

LE FRANÇOIS.

Janſénius——la Bulle——ſes myſ-
teres,
De deux ſages partis les cris & les efforts,
Et des Billets ſacrés payables chez les morts,
Et des convulſions & des réquiſitoires
Rempliront de nos temps les brillantes hiſ-
toires.
Le Franc de Pompignan (*b*) par ſes divins
écrits,
Plus que (*c*) Paliſſot même occupe nos eſprits ;

Nous quittons & la Foire & l'Opéra-Comique;
Pour juger de Le Franc le ſtyle Académique.
Le Franc de Pompignan dit *à tout l'Univers*,
*Que le Roi lit ſa Proſe, & même encor ſes Vers.*
*L'Univers* cependant voit nos Apothicaires
Combattre en Parlement les Jéſuites leurs freres; (*d*)
Car chacun vend ſa drogue, & croit ſur ſon pailler
Fixer comme Le Franc les yeux du monde entier.
Que dit-on dans Moſcou de ces nobles querelles?

LE RUSSE.

En aucun lieu du monde on ne m'a parlé d'elles!
Le Nord, la Germanie, où j'ai porté mes pas,
Ne ſçavent pas un mot de ces fameux débats.

LE FRANÇOIS.

Quoi! du Clergé François la Gazette † prudente,
Cet ouvrage immortel que le pur zele enfante,
Le Journal du Chrétien, le Journal de Trévoux,
N'ont point paſſé les mers, & volé juſqu'à vous?

LE RUSSE.

Non.

† Les nouvelles Eccléſiaſtiques.

LE FRANÇOIS.

Quoi! vous ignorez des mérites si rares?

LE RUSSE.

Nous n'en avons jamais rien appris.

LE FRANÇOIS.

Les barbares!
Hélas! en leur faveur mon esprit abusé,
Avoit cru que le Nord étoit civilisé.

LE RUSSE.

Je viens pour me former sur les bords de la Seine;
C'est un Scyte grossier voyageant dans Athène,
Qui vous conjure ici, timide & curieux,
De dissiper la nuit qui couvre encor ses yeux.
Les modernes talens que je cherche à connoître,
Devant un étranger craignent-ils de paroître?
Le Cygne de Cambrai, l'Aigle brillant de Meaux,
Dans ce temps éclairé n'ont-ils pas des égaux?
Leurs Disciples nourris de leur vaste science,
N'ont-ils pas hérité de leur noble éloquence?

LE FRANÇOIS.

Oui, le flambeau divin qu'ils avoient allumé,
Brille d'un nouveau feu, loin d'être consumé;
Nous avons parmi nous des Peres de l'Eglise;

LE RUSSE.

Nommez-moi donc les Saints que le Ciel favorise.

LE FRANÇOIS.

Maître Abraham Chaumeix, Hayer le Recollet,
Et Berthier le Jésuite, & le Diacre Trublet,
Et le doux Caveirac (*e*), & Rabot, & tant d'autres;
Ils sont tous parmi nous ce qu'étoient les Apôtres,
Avant qu'un feu divin fût descendu sur eux:
De leur siécle profane instructeurs (*f*) généreux,
Cachant de leur sçavoir la plus grande partie,
Ecrivant sans esprit par pure modestie,
Et par piété même ennuyant les lecteurs.

LE RUSSE.

Je n'ai point encor lu ces solides Auteurs:
Il faut que je vous fasse un aveu condamnable:

Je voudrois qu'à l'utile on joingnît l'agréable :
J'aime à voir le bon ſens ſous le maſque des ris ;
Et c'eſt pour m'égayer que je viens à Paris.
Ce Peintre ingénieux de la nature humaine,
Qui fit voir en riant la raiſon ſur la ſcene,
Par ceux qui l'ont ſuivi ſeroit-il éclipſé ?

## LE FRANÇOIS.

Vous parlez de Moliere ! oh ! ſon regne eſt paſſé ;
Le ſiécle eſt bien plus fin ; notre ſcene épurée,
Du vrai beau qu'on cherchoit eſt enfin décorée.
Nous avons les *remparts* †, nous avons *Ramponeau* (g) ;
Au lieu du Miſantrope on voit Jaçques Rouſſeau,
Qui marchant ſur ſes mains, & mangeant ſa laitue,
Donne un plaiſir bien noble au public qui le hue.
Voilà nos grands travaux, nos beaux arts, nos ſuccès,
Et l'honneur éternel de l'Empire François.
A ce brillant tableau connoiſſez ma patrie.

## LE RUSSE.

Je vois dans vos propos un peu de raillerie ;
Je vous entends aſſez ; mais parlons ſans détour ;

† Les Comédies qu'on joue ſur le Boulevart.

Votre nuit est venue après le plus beau jour ;
Il en est des talens comme de la finance ;
La disette aujourd'hui succéde à l'abondance ;
Tout se corrompt un peu, si je vous ai compris.
Mais n'est-il rien d'illustre au moins dans vos débris ?
Minerve de ces lieux seroit-elle banie ?
Parmi cent beaux esprits n'est-il plus de génie?

LE FRANÇOIS.

Un génie? ah! grand Dieu! puisqu'il faut m'expliquer ,
S'il en paroissoit un que l'on pût remarquer ,
Tant de témérité seroit bientôt punie.
Non, je ne le tiens pas assuré de sa vie.
Les Berthier, les Chaumeix & même les Fréron,
Déjà de l'imposture embouchent le clairon.
L'hypocrite sourit, l'énergumene aboye ;
Les chiens de Saint Médard s'élancent sur leur proie :
Le fripon le plus vil, le plus déshonoré,
Dans la basse débauche obscurement vautré,
S'il a du bel esprit la jalouse manie,
Intrigue, parle, écrit, dénonce, calomnie,
En crimes odieux travestit les vertus ;
Tous les traits sont lancés, tous les rets sont tendus ;

On cabale à la Cour, on ameute, on excite
Ces petits Protecteurs sans place & sans mérite,
Ennemis des talens, des arts, des gens de bien,
Qui se sont faits dévôts de peur de n'être rien.
N'osant parler au Roi, qui hait la médisance,
Et craignant de ses yeux la sage vigilance,
Ces oiseaux de la nuit rassemblés dans leurs trous,
Exalent les poisons de leur orgueil jaloux :
Poursuivons, disent-ils, tout citoyen qui pense.
Un génie! il auroit cet excès d'insolence!
Il n'a pas demandé notre protection!
Sans doute il est sans mœurs & sans religion :
Il dit que dans les cœurs Dieu s'est gravé lui-même ;
Qu'il n'est point implacable, & qu'il suffit qu'on l'aime ;
Dans le fond de son ame il se rit des Fantins (*h*)
De Marie Alacoque(*i*)&de la Fleur des Saints(*k*).
Aux erreurs indulgent, & sensible aux miseres,
Il a dit, on le sçait, que les humains sont freres;
Et dans un doute affreux lâchement obstiné,
Il n'osa convenir que Neuton fût damné.
Le brûler est une œuvre & sage & méritoire,
Ainsi parle à loisir ce digne Consistoire.
Des vieilles, à ces mots, au Ciel levant les yeux,
Demandent des fagots pour cet homme odieux;

Et des petits péchés commis dans leur jeune âge
Elles font pénitence en opprimant un ſage.

## LE RUSSE.

Hélas! ce que j'apprends de votre nation,
Me remplit de douleur & de compaſſion.

## LE FRANÇOIS.

J'ai dit la vérité, vous la vouliez ſans feinte,
Mais n'imaginez pas que triſtement éteinte,
La raiſon ſans retour abandonne Paris.
Il eſt des cœurs bien faits, il eſt de bons eſprits
Qui peuvent des erreurs où je la vois livrée,
Ramener au droit ſens la Patrie égarée.
Les aimables François ſont bientôt corrigés.

## LE RUSSE.

Adieu, je reviendrai quand ils ſeront changés.

# NOTES.

(*a*) On n'a pas ici la témérité de vouloir jetter le plus léger ſoupçon de partialité ſur les Remontrances : le zéle les dicte, la bonté les reçoit, l'équité y a ſouvent égard. On obſerve ſeulement que lorſque les Anglois ſe ruinent pour déſoler nos Côtes, inſulter nos Ports, détruire nos Colonies & notre commerce ; nous devons donner quelque choſe pour nous défendre. Certes en voyant notre Roi ſe défaire de ſa vaiſſelle d'argent, & ſe priver de ce qui fait le néceſſaire d'un Monarque, quel eſt le Citoyen qui ne ſuivra pas un exemple ſi noble & ſi touchant ?

(*b*) Le Franc de Pompignan, dans un Mémoire qu'il dit avoir préſenté au Roi en 1760, s'exprime ainſi page 17 : *Il faut que tout l'Univers ſache que le Roi s'eſt occupé de mon Diſcours, non comme d'une nouveauté paſſagere, mais comme d'une production digne de l'attention particuliere des Souverains.* Quel producteur que ce Pompignan ! quelle modeſtie ! de quel ton il parle à l'Univers ! comme l'Univers eſt occupé de lui !

Ce même Le Franc de Pompignan dit page 10, *un homme de ma naiſſance & de mon état*; la naiſſance de Le Franc!

Ce même Le Franc de Pompignan, page 10, dit que pendant qu'il étoit Juge des Aides en Quercy, *il écrivoit de la Proſe pour l'utilité de ſes Compatriotes.* Voici la Proſe utile de Le Franc de Pompignan. Il eut la bonté en 1756 d'écrire au Roi, & de lui reprocher le bien que le Roi faiſoit à la Nation, en faiſant lui-même à Trianon l'eſſai de la méthode de remédier à la carie des Bleds. Sa Majeſté daigna faire envoyer la recette dans toutes les Provinces; c'eſt une de ſes attentions paternelles pour ſon Peuple, nous l'en béniſſons; nos enfans l'en béniront. Le Franc de Pompignan ſeul inſulte à ſa bienfaiſance; il lui dit : *Ces expériences ne rendront pas nos champs moins incultes. Le Parc de Verſailles ne décide point de l'état de nos Campagnes. Vous traitez vos Sujets plus impitoyablement que des forçats; on exerce ſur eux des vexations horribles : ſortez de votre enceinte de Palais ſomptueux, vous verrez un Royaume qui ſera bientôt un déſert.*

Telle eſt la proſe coulante & agréable de Le Franc de Pompignan. Le Roi n'a jamais donné un plus grand exemple de clémence, qu'en daignant pardonner à ce Bourgeois de Quercy un peu trop vif. Est-ce à ce titre qu'on l'a reçu à l'Académie ?

Le même Le Franc de Pompignan, auteur du voyage de Provence, de la priere du Déïste & de quelques Pseaumes traduits en Vers bien durs, & de plusieurs piéces de Théâtre, dont une seule a pû être joüée, nie qu'on lui ait refusé quelque temps les provisions de sa Charge de Quercy, pour le punir de la priere du Déïste, parce qu'il fut d'ailleurs suspendu de sa Charge en Quercy pour un autre affaire qui arriva dans un bal en Quercy. Nous n'entrerons point dans ces détails ; nous nons contenterons d'observer que ce n'est pas sans raison qu'un Pere de la Doctrine Chrétienne lui a dit :

Pour vivre un peu joyeusement,
Croyez-moi, n'offensez personne :
C'est un petit avis qu'on donne
Au sieur Le Franc de Pompignan.

Il peut sur cet article présenter un mémoire à l'Univer.

(c) Palissot de Montenoy fit joüer par les Comédiens François une Comédie intitulée *les Philosophes*, le 2 Mai 1760. Il a eu le malheur, dans cette Comédie, d'insulter & d'accuser pluſieurs perſonnes d'un mérite ſupérieur ; & il ſe reprochera ſans doute toute ſa vie cette faute. On voit par la Lettre qu'il a donnée au public en forme de Préface, qu'il a été trompé par de faux mémoires qu'on lui avoit donnés. Il juſtifie ſa Piéce, en rapportant pluſieurs paſſages tirés de l'Encyclopédie, & la plupart de ces paſſages ne ſe trouvent pas dans l'Encyclopédie. Il cite pluſieurs traits de quelques mauvais livres intitulés *l'homme plante*, & *la vie heureuſe* ; comme ſi ces livres étoient compoſés par quelques-uns de ceux qui ont mis la main à l'Encyclopédie : mais ces livres déteſtables, contre leſquels il s'élève avec une juſte indignation, ſont d'un Médecin nommé La Métrie, natif de St. Malo, de l'Académie de Berlin, qui les compoſa à Berlin il y a plus de douze ans dans des accès d'ivreſſe. Ce La Métrie n'a jamais été en rélation avec aucun des citoyens qui ſont maltraités dans la piéce des *Philoſophes*.

Ceux qu'on inſulte dans cette Piéce ſont Mr. Duclos, Secrétaire perpétuel de l'Académie Françoiſe, Auteur de pluſieurs ouvrages très-eſtimables ; Mr. d'Alembert de la même Académie & de celle des Sciences, célébre par ſa vaſte littérature, par ſes connoiſſances profondes dans les Mathématiques, & par ſon génie ; Mr. Diderot, dont le Public fait le même éloge, Mr. le Chevalier de Jaucour, homme d'une grande naiſſance, Auteur de cent excellens articles qui enrichiſſent le Dictionnaire Encyclopédique ; Mr. Helvetius, admirable (ce mot n'eſt point trop fort) par une action unique : il a quitté deux cent mille livres de rente pour cultiver les Belles Lettres en paix, & il fait du bien avec ce qui lui reſte ; la facilité & la bonté de ſon caractere lui ont fait haſarder dans un livre plein d'eſprit, des propoſitions fauſſes & très-répréhenſibles, dont il s'eſt repenti le premier, à l'exemple du grand Fenelon. L'Auteur des *Philoſophes* ſe repent auſſi d'avoir porté le poignard dans ſes bleſſures ; il a des remords d'avoir imputé des maximes & des vues pernicieuſes aux plus honnêtes gens qui ſoient en France, à des hommes qui n'ont jamais fait le moindre mal à perſonne, & qui n'en n'ont jamais dit. En qualité de Citoyen il ſouhaite que le Dictionnaire Encyclopédique ſe continue, que les Libraires qui ont fait cette grande entrepriſe ne ſoient point ruinés, que les Souſcripteurs ne ſoient point fruſtrés.

Ce Livre, qui ſe perfectionnoit ſous tant de

mains, devenoit cher & néceſſaire à la Nation. J'ai vu l'article *Roi* en manuſcrit. Des Etrangers ont pleuré de tendreſſe au portrait qu'on fait de Louis XV, & ils ont ſouhaité d'être ſes ſujets. La Reine ſon épouſe regretteroit l'article *Reine*, ſi ſa vertu modeſte pouvoit lui faire regretter les plus juſtes louanges. Au mot *Guerre*, on croiroit que celui qui commande aujourd'hui nos armées, & pluſieurs Lieutenans Généraux, ont été déſignés par l'Auteur, qui eſt lui-même un excellent Officier. Le mot *Siége* forme un article bien important pour nous; la priſe du Port Mahon immortaliſe le nom du Général & le nom François. En un mot cet Ouvrage eût fait notre gloire, & il eſt bien honteux qu'il ait eſſuyé à la fois la perſécution & le ridicule.

(*d*) On ſaiſit des drogues & du verd-de-gris chez les Freres Jéſuites de la rue St. Antoine, le 10 Mai 1760, jour de l'anniverſaire de la mort de Henri le Grand. Il y a un grand procès ſur cette contrebande entre les Freres Jéſuites & les Apothicaires; ſur quoi un Janſeniſte a imprimé que les Freres Jéſuites, après avoir empoiſonné les ames, vouloient auſſi empoiſonner les corps; mais ce ſont de mauvaiſes plaiſanteries.

(e) *Caveirac.* Il eſt l'Auteur de l'Apologie de la Saint Barthelemi ; le ſeul titre de l'ouvrage l'annonce dans toute ſon horreur. Ce Livre & d'autres composés par le même homme, outragent un très-grand nombre d'honnêtes gens. Cet Abbé, ayant fait un Libelle qui tendoit à diviſer le Clergé & à inſpirer la déſobéiſſance, a été exilé.

(f) Peu de nos Auteurs ſe ſont ſervis du mot *inſtructeur* qui manque à notre langue. On voit bien que c'eſt un Ruſſe qui parle. Ce terme répond à celui de *Coukaski*, qui eſt très-énergique en Sclavon.

(f) *Ramponeau*, Cabaretier de la Courtille, auquel on aſſuroit une forte penſion, ſeulement pour ſe montrer ſur le Théâtre.

(h) *Fantin*, fameux Directeur qui ſéduiſoit ſes dévotes & qui fut ſaiſi volant une bourſe de cent louis à un mourant qu'il confeſſoit : il n'étoit pourtant pas Philoſophe.

(i) *Marie Alacoque*, Ouvrage impertinent de Languet Evêque de Soiſſons, dans lequel l'abſurdité & l'impiété même fut pouſſée juſqu'à mettre dans la bouche de Jésus-Christ quatre Vers pour Marie Alacoque.

(*k*) *La Fleur des Saints*, Compilation extravagante du Jésuite Ribadeneira ; c'est un extrait de la Légende doré e, traduit & augmenté par le Frere Girard Jésuite. NB. Que ce n'est pas ce Frere Girard condamné au feu le 12 Octobre 1731, par la moitié du Parlement d'Aix, pour avoir abusé de sa pénitente en lui donnant le fouet assez doucement & pour plusieurs profanations. Il fut absous par l'autre moitié du Parlement d'Aix, parce qu'on avoit ridiculement mêlé l'accusation de sortilege aux véritables charges du procès. C'est bien dommage que ce Frere Girard n'ait pas été Philosophe.

# LA VANITÉ.

# LA VANITÉ.

*Un Provincial, dans un Mémoire, a imprimé ces mots :* Il faut que tout l'Univers sçache que L. L. M. M. se sont occupées de mon Discours. Le Roi l'a voulu voir ; toute la Cour l'a voulu voir. *Il dit dans un autre endroit* que sa naissance est encore au-dessus de son Discours. *Un Pere de la Doctrine Chrétienne a trouvé peu d'humilité chrétienne dans les paroles de ce Monsieur, & pour le corriger il a mis en lumiere ces Vers Chrétiens, applicables à tous ceux qui ont plus de vanité qu'il n'en faut.*

QU'as-tu, petit Bourgeois d'une petite
Ville ?
Quel accident étrange, en allumant ta bile,

A ſur ton large front répandu la rougeur ?
D'où vient que tes gros yeux pétillent de fureur ?
Réponds-moi ? —— L'Univers doit venger mes injures,
L'Univers me contemple, & les races futures
Contre mes ennemis déposeront pour moi.

——L'Univers, mon ami, ne penſe point à toi ;
L'avenir encor moins ; conduis bien ton ménage,
Divertis-toi, bois, dors, ſois tranquille, ſois ſage :
De quel nuage épais ton crâne eſt offuſqué ?

——Ah ! j'ai fait un Diſcours & l'on s'en eſt moqué :
Des plaiſants de Paris j'ai ſenti la malice ;
Je vais me plaindre au Roi, qui me rendra juſtice ;
Sans doute il punira ces ris pernicieux.

——Va, le Roi n'a point lu ton Diſcours ennuyeux,
Il a trop peu de temps & trop de ſoins à prendre ;

Le peuple à ſoulager, ſes amis à défendre,
La guerre à ſoutenir; en un mot les Bourgeois
Doivent très-rarement importuner les Rois :
La Cour te croira fou; reſte chez toi, bon homme.

——Non, je n'y puis tenir, de brocards on m'aſſomme;
Les *Quand*, les *Qui*, les *Quoi* pleuvant de tous côtés,
Sifflent à mon oreille en cent lieux répétés;
On mépriſe à Paris mes *Chanſons Judaïques*,
Et mon *Pater Anglois* & mes *Rimes tragiques*;
Et ma *Proſe aux Quarante*; un tel renverſement
D'un Etat policé détruit le fondement.
L'intérêt du public ſe joint à ma vengeance;
Je prétends des plaiſans réprimer la licence;
Pour trouver bon mes Vers il faut faire une loi,
Et de ce même pas je vais trouver le Roi.
Ainſi, nouveau venu ſur les rives de Seine,
Tout rempli de lui-même, un pauvre energumène,
De ſon plaiſant délire amuſoit les paſſans;

Souvent notre amour propre éteint notre bon
sens ;
Souvent nous ressemblons aux grenoüilles
d'Homère,
Implorant à grands cris le fier Dieu de la Guerre,
Et les Dieux des Enfers, & Bellone & Pallas,
Et les foudres des Cieux pour nous venger des
Rats :
Voyez, dans ce réduit, ce crasseux Jansénistе,
Des nouvelles du tems infidele copiste,
Vendant sous le manteau les Mémoires sacrés
Des Bedaux de Paroisse & des Clercs tonsurés;
Il pense fermement dans sa superbe extase
Ressusciter les tems des combats d'Athanase;
Ce petit bel esprit, Orateur du Bareau,
Alignant froidement ses phrases au cordeau,
Citant mal-à-propos des Auteurs qu'il ignore,
Voit voler son beau nom du couchant à l'aurore;
Les flatteurs, à dîner, l'appellent Ciceron;
Berthier, dans son Collége, est appellé Varon.
Un Vicaire, à Chaillot, croit que tout hom-
me sage
Doit penser à Pékin comme dans son Village,

Et la Ville Badaude au fond de fon quartier
Dans fes voifins Badauds voit l'Univers entier.

Je fuis loin de blâmer le foin très-légitime,
De plaire à fes égaux, & d'être en leur eftime ;
Un Confeiller du Roi, dans le monde inconnu
Doit dans fon cercle étroit, chez les fiens bien venu,
Etre approuvé du moins de fes graves confreres :
Mais on ne peut fouffrir ces bruyans téméraires
Sur la fcene du monde ardents à s'étaler.
Veux-tu te faire Auteur ? on voudra te fiffler ;
Gardons-nous d'imiter ce fou de Diogene,
Qui pouvant chez les fiens en bon Bourgeois d'Athène
A l'étude, au plaifir doucement fe livrer,
Vécut dans un tonneau pour fe faire admirer.
Malheur à tout mortel, & fur-tout dans notre âge,
Qui fe fait fingulier pour être un perfonnage !
Piron feul eut raifon, quand, d'un goût tout nouveau,
Il fit ce Vers heureux, digne de fon tombeau :
*Ci git qui ne fut rien.* Quoique l'orgueil en dife,

Humains, foibles humains, voilà votre devise.
Combien de Rois, grands Dieux, jadis si révé-
rés
Dans l'éternel oubli sont en foule enterrés !
La terre a vu passer leur empire & leur trône :
On ne sçait en quel lieu fleurissoit Babylone ;
Le tombeau d'Alexandre aujourd'hui renversé
Avec sa Ville altiere a paru dispersé ;
César n'a point d'asyle où sa cendre repose :
Et l'ami Pompignan pense être quelque chose !

*FIN.*

LE

# LE
# PAUVRE DIABLE.

*A PARIS.*

1758.

# LE

# PAUVRE DIABLE,

## Ouvrage en Vers aisés, de feu Mr. VADÉ,

*Mis en lumiere*

*Par CATHERINE VADÉ ſa Couſine.*

*Dédié*

## A MAITRE ABRAHAM ****

*COmme il eſt parlé de vous dans cet Ouvrage de feu mon Couſin* Vadé, *je vous le dédie. C'eſt mon* Vadé mecum; *vous direz ſans doute,* Vadé retro; *& vous trouverez dans l'œuvre de mon Couſin pluſieurs paſſages contre l'Etat, contre la Religion, les Mœurs, &c. partant vous pou-*

*vèz le dénoncer, car je préfere mon devoir à mon Cousin* VADÉ.

*Faites l'analyse de l'Ouvrage ; ne manquez pas d'y répandre un filet de vinaigre, en souvenance de votre premier métier. J'ai des* préjugés légitimes, *que vous êtes un des plus absurdes barbouilleurs de papier qui se soient jamais mêlés de raisonner ; ainsi personne n'est plus en droit que vous, d'obtenir, par vos raisonnemens & par votre crédit, qu'on brûle ce petit Poëme, comme si c'étoit un Mandement, ou le Nouveau Testament de Frere* Berruyer. *Continuez à faire honneur à votre siécle, ainsi que tous les Personnages dont il est question dans ce Livret que je vous présente.*

CATHERINE VADÉ.

A Paris, rue Thibautaudé, chez Maître Jean Gauchat, attenant le gîte de l'Auteur des Nouvelles Ecclésiastiques, 27e. Mars 1758.

# LE PAUVRE DIABLE.

## *DIALOGUE.*

LE PAUVRE DIABLE,
LE GÉNIE.

LE PAUVRE DIABLE.

QUEL parti prendre ? où ſuis-je? &
que dois-je être ?
Né dépourvu, dans la foule jetté,
Germe naiſſant par les vents emporté,
Sur quel terrein puis-je eſpérer de croître ?
Comment trouver un Etat, un Emploi ?
Sur mon deſtin, de grace, inſtruiſez-moi.

LE GÉNIE.

Il faut s'inſtruire & ſe ſonder ſoi-même,
S'interroger, ne rien croire que ſoi,
Que ſon inſtint ; bien ſçavoir ce qu'on aime ;
Et ſans chercher des conſeils ſuperflus,
Prendre l'Etat qui vous plaira le plus.

LE PAUVRE DIABLE.

J'aurois aimé le métier de la guerre.

LE GÉNIE.

Qui vous retient ? allez ; déjà l'hiver
A diſparu ; déjà gronde dans l'air
L'airain bruyant, ce rival du tonnerre ;
Du Duc de Broglie oſez ſuivre les pas ;
Sage en projets, & vif dans les combats ;
Il a tranſmis ſa valeur aux Soldats ;
Il va venger les malheurs de la France :
Sous ſes Drapeaux marchez dès aujourd'hui ;
Et méritez d'être apperçu de lui.

LE PAUVRE DIABLE.

Il n'eſt plus temps ; j'ai d'une Lieutenance
Trop vainement demandé la faveur,
Mille rivaux briguoient la préférence ;
C'eſt une preſſe ! En vain Mars en fureur
De la Patrie a moiſſonné la fleur,

Plus on en tue, & plus il s'en présente :
Ils vont trottant des bords de la Charente,
De ceux du Lot, des côteaux Champenois,
Et de Provence, & des monts Francomtois ;
En botte, en guêtre, & sur-tout en guenille,
Tous assiégeant la porte de Crémille,
Pour obtenir des Maitres de leur sort
Un beau Brevet qui les mene à la mort.
Parmi les flots de la foule empressée,
J'allai montrer ma mine embarassée ;
Mais un Commis me prenant pour un sot,
Me rit au nez, sans me répondre un mot ;
Et je voulus, après cette aventure,
Me retourner vers la Magistrature.

LE GÉNIE.

Eh bien ! la Robe est un métier prudent ;
Et cet aîr gauche, & ce front de pédant,
Pourront encor passer dans les Enquêtes ;
Vous verrez là de merveilleuses têtes.
Vîte achetez un emploi de Caton ;
Allez juger : êtes-vous riche ?

LE PAUVRE DIABLE.

Non,
Je n'ai plus rien, c'en est fait.

LE GÉNIE.

Vil atome !

Quoi! point d'argent? & de l'ambition!
Pauvre impudent! apprends qu'en ce Royaume
Tous les honneurs ſont fondés ſur le bien.
L'antiquité tenoit pour Axiome,
Que rien n'eſt rien, que de rien ne vient rien.
Du genre humain connois quelle eſt la trempe:
Avec de l'or je te fais Préſident,
Fermier du Roi, Conſeiller, Intendant.
Tu n'as point d'aîle & tu veux voler! rampe.

LE PAUVRE DIABLE.

Hélas! Monſieur, déjà je rampe aſſez.
Ce fol eſpoir qu'un moment a fait naître,
Ces vains déſirs pour jamais ſont paſſés;
Avec mon bien j'ai vu périr mon être.
Né malheureux, de la craſſe tiré,
Et dans la craſſe en un moment rentré,
A tous emplois on me ferme la porte.
Rebut du monde, errant, privé d'eſpoir,
Je me fais Moine, ou gris, ou blanc, ou noir,
Raſé, barbu, chauſſé, déchaux, n'importe:
De mes erreurs déchirant le bandeau,
J'abjure tout; un Cloître eſt mon tombeau;
J'y vais deſcendre; oui, j'y cours....

LE GÉNIE.

Imbécille!

Va donc pourrir au tombeau des vivans.
Tu crois trouver le repos; mais apprends
Que des ſoucis c'eſt l'éternel azile ;
Que les ennuis en font leur domicile ;
Que la diſcorde y nourrit ſes ſerpens ;
Que ce n'eſt plus ce ridicule temps,
Où le capuce & la toque à trois cornes,
Le ſcapulaire & l'impudent cordon,
Ont extorqué des hommages ſans bornes.
Du vieil berceau de ſon illuſion,
La France arrive à l'âge de raiſon,
Et les enfans de François & d'Ignace
Bien reconnus ſont remis à leur place :
Nous faiſons cas d'un cheval vigoureux
Qui, déployant quatre jarrets nerveux,
Frappe la terre & bondit ſous ſon maître ;
J'aime un gros bœuf, dont le pas lent & lourd,
En ſillonnant un arpent dans un jour,
Forme un gueret où mes épics vont naître :
L'âne me plaît, ſon dos porte au marché
Les fruits du champ que le ruſtre a béché ;
Mais pour le ſinge, animal inutile,
Malin, gourmand, ſaltimbanque indocile,
Qui gâte tout & vit à nos dépens,
On l'abandonne aux laquais fainéans.
Le fier guerrier, dans la Saxe, en Thuringe,

C'est le cheval : un (*a*) Pequet, un (*b*) Pleneuf,
Un trafiquant, un Commis est le bœuf ;
Le Peuple est l'âne, & le Moine est le singe.

LE PAUVRE DIABLE.

S'il est ainsi, je me décloître. O Ciel !
Faut-il rentrer dans mon état cruel ?
Faut-il me rendre à ma premiere vie ?

LE GÉNIE.

Quelle étoit donc cette vie ?

LE PAUVRE DIABLE.

Un enfer ;
Un piége affreux tendu par Lucifer.
J'étois sans biens, sans métier, sans génie,
Et j'avois lu quelques méchans Auteurs :
Mordu du chien de la Métromanie,
Le mal me prit, je fus Auteur aussi.

LE GÉNIE.

Ce métier-là ne t'a pas réussi,
Je le vois trop ; ça, fais-moi, pauvre Diable,
De ton désastre un récit véritable :
Que faisois-tu sur le Parnasse ?

(*a*) Premier Commis, grand travailleur.

(*b*) Intendant des vivres, grand travailleur aussi.

# LE PAUVRE DIABLE.

Hélas !
Dans mon grenier entre deux ſales draps,
Je célébrois les faveurs de Glicere,
De qui jamais n'approcha ma miſere :
Ma triſte voix chantoit d'un goſier ſec
Le vin mouſſeux, le Frontignan, le Grec,
Buvant de l'eau dans un vieux pot à biere ;
Faute de bas paſſant le jour au lit,
Sans couverture ainſi que ſans habit,
Je frédonnois des Vers ſur la pareſſe,
D'après Chaulieu je vantois la molleſſe.

Enfin un jour qu'un ſurtout emprunté
Vétit à cru ma triſte nudité,
Après midi, dans l'antre de Procope,
( C'étoit le jour que l'on donnoit Mérope ),
Seul dans un coin, penſif & conſterné,
Rimant une Ode & n'ayant point dîné,
Je m'accoſtai d'un homme à lourde mine,
Qui ſur ſa plume a fondé ſa cuiſine,
Grand écumeur des bourbiers d'Hélicon,
De Loyola chaſſé pour ſes frédaines,
Vermiſſeau né du cul de Des Fontaines,
Digne en tout ſens de ſon extraction,
Lâche Zoïle, autrefois laid Giron.

Cet animal se nommoit Jean Fréron.
J'étois tout neuf, j'étois jeune, sincere,
Et j'ignorois son naturel félon:
Je m'engagai sous l'espoir d'un salaire,
A travailler à son Hebdomadaire,
Qu'aucuns nommoient alors patibulaire.
Il m'enseigna comment on dépéçoit
Un Livre entier, comme on le recousoit,
Comme on jugeoit du tout par la Préface,
Comme on louoit un sot Auteur en place,
Comme on fondoit avec lourde roideur
sur l'Ecrivain pauvre & sans protecteur.
Je m'enrôlai, je servis le Corsaire;
Je critiquai, sans esprit & sans choix,
Impudemment le Théâtre & la Chaire,
Et je mentis pour dix écus par mois.
Quel fut le prix de ma plate manie?
Je fus connu, mais par mon infamie,
Comme un gredin que la main de Thémis
A diapré de nobles fleurs de lys
Par un fer chaud gravé sur l'omoplate.
Triste & honteux, je quittai mon Pirate,
Qui me vola, pour fruit de mon labeur,
Mon honoraire en me parlant d'honneur.
M'étant ainsi sauvé de sa boutique,
Et n'étant plus compagnon satyrique,

Manquant de tout, dans mon chagrin poignant,
J'allai trouver Le Franc de Pompignan,
Ainſi que moi natif de Matauban,
Lequel jadis a brodé quelque phraſe
Sur la Didon qui fut de Métaſtaſe ;
Je lui contai tous les tours du Croquant ;
Mon cher pays, ſecourez-moi, lui dis-je,
Fréron me vole, & pauvreté m'afflige.
De ce bourbier vos pas ſeront tirés ;
Dit Pompignan, votre dur cas me touche;
Tenez, prenez mes cantiques ſacrés ;
Sacrés ils ſont, car perſonne n'y touche ;
Avec le tems un jour vous les vendrez ;
Plus, acceptez mon chef-d'œuvre tragique
De Zoraïd ; la ſcene eſt en Afrique ;
A la Clairon vous le préſenterez ;
C'eſt un tréſor ; allez & proſpérez.
Tout ranimé par ſon ton didactique,
Je cours en hâte au Parlement comique,
Bureau de Vers, où maint Auteur pelé
Vend mainte ſcene à maint Acteur ſifflé.
J'entre, je lis d'une voix fauſſe & grêle
Le triſte Drame écrit pour la Denêle.
Dieu paternel, quels dédains, quel accueil !
De quelle œillade altiere, impérieuſe,
La Dumênil rabattit mon orgueil !

La Dangeville est plaisante & moqueuse;
Elle rioit ; Grandval me regardoit
D'un air de Prince, & Sarrazin dormoit;
Et renvoyé penaut par la cohue,
J'allai gronder & pleurer dans la rue.
De Vers, de Prose & de honte étouffé,
Je rencontrai Gresset dans un Caffé,
Gresset doué du double privilége
D'être au Collége un bel esprit mondain,
Et dans le monde un homme de Collége;
Gresset devot ; long-tems petit badin,
Sanctifié par ses palinodies,
Il prétendoit avec componction
Qu'il avoit fait jadis des Comédies,
Dont à la Vierge il demandoit pardon.

LE GÉNIE.

Gresset se trompe, il n'est pas si coupable.
Un Vers heureux & d'un tour agréable
Ne suffit pas ; il faut une action,
De l'intérêt, du Comique, une Fable,
Des mœurs du temps un portrait véritable,
Pour consommer cet œuvre du Démon.
Mais que fit-il dans ton affliction ?

LE PAUVRE DIABLE.

Il me donna les conseils les plus sages;

Quittez, dit-il, les profanes Ouvrages;
Faites des Vers moraux contre l'Amour;
Soyez dévot, montrez-vous à la Cour.

Je crois mon homme, & je vais à Verfaille:
Maudit voyage! hélas! chacun fe raille
En ce pays d'un pauvre Auteur moral;
Dans l'antichambre il eft reçu bien mal,
Et les Laquais infultent fa figure,
par un mépris pire encor que l'injure.
Plus que jamais confus, humilié,
Devers Paris je m'en revins à pié.

L'Abbé Trublet alors avoit la rage
D'être à Paris un petit perfonnage:
Au peu d'efprit que le bon homme avoit
L'efprit d'autrui par fuplément fervoit;
Il entaffoit adage fur adage;
Il compiloit, compiloit, compiloit,
On le voyoit fans ceffe écrire, écrire,
Ce qu'il avoit jadis entendu dire;
Et nous laffoit fans jamais fe laffer:
Il me choifit pour l'aider à penfer.
Trois mois entiers enfemble nous paffâmes,
Lûmes beaucoup & rien n'imaginâmes;
L'Abbé Trublet m'avoit pétrifié.
Mais un Bâtard du Sieur de la Chauffée

Vint ranimer ma cervelle épuisée ;
Et tous les deux nous fîmes par moitié
Un Drame court & non versifié,
Dans le grand goût du larmoyant comique,
Roman moral, Roman métaphysique.

LE GÉNIE.

Eh bien ! mon fils, je ne te blâme pas :
Il est bien vrai que je fais peu de cas
De ce faux genre, & j'aime assez qu'on rie ;
Souvent je baille au tragique bourgeois,
Aux vains efforts d'un Auteur amphibie,
Qui défigure & qui brave à la fois
Dans son jargon Melpoméne & Thalie.
Mais après tout, dans une Comédie,
On peut par fois se rendre intéressant,
En empruntant l'art de la Tragédie,
Quand par malheur on n'est point né plaisant.
Fus-tu joué ? Ton Drame hétéroclite
Eut-il l'honneur d'un peu de réussite ?

LE PAUVRE DIABLE.

Je cabalai, je fis tant qu'à la fin
Je comparus au tripot d'Arlequin.
Je fus hué : ce dernier coup de grace
M'alloit sans vie étendre sur la place ;

On

On me porta dans un logis voisin,
Prêt d'expirer de douleur & de faim,
Les yeux tournés, & plus froid que ma Piéce.

## LE GÉNIE.

Le pauvre enfant! son malheur m'intéresse;
Il est naïf! Allons, poursuis le fil
De tes récits : ce logis quel est-il ?

## LE PAUVRE DIABLE.

Cette maison d'une nouvelle espéce,
Où je restai long-temps inanimé,
Etoit un antre, un repaire enfumé,
Où s'assembloient six fois en deux semaines
Un reste impur de ces énerguménes,
De Saint Médard effrontés charlatans,
Trompeurs, trompés, monstres de notre temps.
Missel en main, la cohorte infernale
Psalmodioit en ce lieu de scandale,
Et s'exerçoit à des contorsions
Qui feroient peur aux plus hardis Démons.
Leurs hurlemens en sursaut m'éveillerent;
Dans mon cerveau mes esprits remonterent;
Et m'avisai que j'étois au sabat.
Un gros Rabin de cette synagogue,
Que j'avois vu ci-devant pédagogue,

Me reconnut ; le bouc s'imagina
Qu'avec ſes ſaints je m'étois couché là.
Je lui contai ma honte & ma détreſſe.
Maître Abraham, après cinq ou ſix mots
De compliment, me tint ce beau propos:

„ J'ai comme toi croupi dans la baſſeſſe,
„ Et c'eſt le lot des trois quarts des humains;
„ Mais notre ſort eſt toujours dans nos mains:
„ Je me ſuis fait Auteur, diſant la Meſſe,
„ Perſécuteur, délateur, eſpion;
„ Chez les dévots je forme des cabales;
„ Je cours, j'écris, j'invente des ſcandales;
„ Pour les combattre & pour me faire un nom,
„ Pieuſement ſemant la zizanie,
„ Et l'arroſant d'un peu de calomnie:
„ Imite-moi, mon art eſt aſſez bon;
„ Suis comme moi les méchans à la piſte;
„ Crie à l'Impie, à l'Athée, au Déiſte,
„ Au Géométre; & ſur-tout prouve bien
„ Qu'un Bel-eſprit ne peur être Chrétien:
„ Du rigoriſme embouche la trompette;
„ Sois hypocrite & ta fortune eſt faite.

A ce diſcours, ſaiſi d'émotion,
Le cœur encor aigri de ma diſgrace,
Je répondis en lui couvrant la face

De mes cinq doigts ; & la troupe en besace,
Qui fut témoin de ma vive action,
Crut que c'étoit une convultion.
A la faveur de cette opinion
Je m'esquivai de l'antre de Mégere.

LE GÉNIE.

C'est fort bien fait ; si ta tête est légere,
Je m'apperçois que ton cœur est fort bon.
Où courus-tu présenter ta misere ?

LE PAUVRE DIABLE.

Las ! où courir dans mon destin maudit !
N'ayant ni pain, ni gîte, ni crédit,
Je résolus de finir ma carriere,
Ainsi qu'ont fait, au fond de la riviere,
Des gens de bien, lesquels n'en ont rien dit.

O changement ! ô fortune bizarre !
J'apprends soudain qu'un oncle trépassé,
Vieux Janséniste & Docteur de Navarre,
Des vieux Docteurs certes le plus avare,
*Ab intestat* malgré lui m'a laissé
D'argent comptant un immense héritage.
Bientôt changeant de mœurs & de langage,
Je me décrasse, & m'étant dérobé
A cette fange où j'étois embourbé,

Je prends mon vol ; je m'éléve, je plane;
Je veux tâter des plus brillants emplois,
Etre Officier, ſignaler mes exploits,
Puis de Thémis endoſſer la ſoutane,
Et moyennant vingt mille écus tournois;
Etre appellé le tuteur de nos Rois.
J'ai des amis, je leur fais grande chère;
J'ai de l'eſprit alors! & tous mes Vers
Ont comme moi l'heureux talent de plaire;
Je ſuis aimé des Dames que je ſers.
Pour compléter tant d'agrémens divers,
On me propoſe un très-bon mariage;
Mes les conſeils de mes nouveaux amis,
Un grain d'amour ou de libertinage,
La vanité, le bon air, tout m'engage
Dans les filets de certaine Laïs,
Que Belzébut fit naître en mon pays,
Et qui depuis a brillé dans Paris.
Elle danſoit à ce tripot lubrique,
Que de l'Egliſe un Miniſtre impudique
(Dont Marion * fut ſervie aſſez mal,)
Fit élever près du Palais Royal.
Avec éclat j'entretins donc ma belle

(a) Marion Delorme, fille très-reſpectée en ſon temps.

Croyant l'aimer, croyant être aimé d'elle,
Je prodiguois les Vers & les bijoux :
Billets de change étoient mes billets doux :
Je conduisois ma Laïs triomphante,
Les soirs d'été, dans la lice éclatante
De ce rempart, azile des amours,
Par (*a*) Outrequin rafraichi tous les jours.
Quel beau vernis brilloit sur sa voiture !
Un petit peigne orné de diamants
De son chignon surmontoit la parure ;
L'Inde à grands frais tissut ses vêtemens ;
L'argent brilloit dans la cuvette ovale
Où sa peau blanche & ferme autant qu'égale
S'embellissoit dans des eaux de jasmin.
A son souper, un surtout de Germain
Et trente plats chargoient sa table ronde
Des doux tributs des forêts & de l'onde.
Je voulus vivre en Fermier Général ;
Que voulez-vous, hélas ! que je vous dise ?
Je payai cher ma brillante sottise,
En quatre mois je fus à l'Hôpital.
Voilà mon sort, il faut que je l'avoue.
Conseillez-moi.

(*a*) Mr. Outrequin qui a fait arroser le rempart fort proprement.

# LE GÉNIE.

Mon ami, je te louë
D'avoir enfin déduit ſans vanité
Ton cas honteux & dit la vérité ;
Prête l'oreille à mes avis fidelles.
Jadis l'Egypte eut moins de ſauterelles
Que l'on ne voit aujourd'hui dans Paris
Des malotrus, ſoit diſant beaux eſprits,
Qui diſſertant ſur les Piéces nouvelles,
En font encor de plus ſifflables qu'elles.
Tous l'un de l'autre ennemis obſtinés,
Sifflés, ſifflans, chanſonneurs, chanſonnés,
Nourris de vent au Temple de Mémoire,
Peuple crotté qui diſpenſe la gloire.
J'eſtime plus ces honnêtes enfans,
Qui de Savoye arrivent tous les ans,
Et dont la main légérement eſſuie
Ces long Canaux engorgés par la ſuie.
J'eſtime plus celle qui dans un coin
Tricote en paix le bas dont j'ai beſoin,
Le Cordonnier qui vient de ma chauſſure
Prendre à genoux la forme & la meſure,

Que le métier de tes obſcurs Frérons.
Maître Abraham, & ſes vils Compagnons,
Sont une eſpéce encor plus odieuſe.
Quant aux catins, j'en fais aſſez de cas;
Leur art eſt doux, & leur vie eſt joyeuſe;
Si quelquefois leurs dangereux appas
A l'Hôpital menent un pauvre Diable,
Un grand benêt qui fait l'homme agréable,
Je leur pardonne, il l'a bien mérité
Ecoute, il faut avoir un poſte honnête,
Les beaux projets dont tu fus tourmenté,
Ne troublent plus ta ridicule tête;
Tu ne veux plus devenir Conſeiller:
Dans mon logis il me manque un Portier;
Prends ton parti, réponds-moi, veux-tu l'être?

LE PAUVRE DIABLE.

Oui-dà, Monſieur.

LE GÉNIE.

Quatre fois dix écus
Seront par an ton ſalaire; & de plus,
D'aſſez bon vin chaque jour une pinte
Rajuſtera ton cerveau qui te tinte.

Va dans ta loge ; & fur-tout, garde-toi
Qu'aucun Fréron n'entre jamais chez-moi.

## LE PAUVRE DIABLE.

J'obéirai fans réplique à mon Maître,
En bon Portier : mais en fecret, peut-être,
J'aurois choifi dans mon fort malheureux,
D'être plutôt le Portier des Chartreux.

*FIN.*

# LES *QUAND*,

## LES *SI*,

## ET LES *POURQUOI*.

*Noli molestus esse omninò litteris*
*Majorem exhibeant ne tibi molestiam.*
Phæd. Lib. IV.

I

# LES *QUAND*,

## NOTES UTILES;

### *Sur un Discours prononcé devant l'Académie Françoise, le* 10 *Mars* 1760.

QUAND on a l'honneur d'être reçu dans une Compagnie respectable d'Hommes & de Lettres, il ne faut pas que la Harangue de réception soit une satyre contre les Gens de Lettres; c'est insulter la Compagnie & le Public.

QUAND par hazard on est riche, il ne faut pas avoir la basse cruauté de reprocher aux Gens de Lettres leur pauvreté dans un Discours Académique, & dire avec orgueil qu'ils déclament contre les richesses & qu'ils portent envie en secret aux riches ; 1°. Parce que le Récipiendaire ne peut sçavoir ce que ses Confreres, moins opulens que lui, pensent en secret. 2°. Parce qu'aucun d'eux ne porte envie au Récipiendaire.

QUAND on ne fait pas honneur à son siécle par ses Ouvrages, c'est une étrange témérité de décrier son siécle.

QUAND on est à peine Homme de Lettres & nullement Philosophe, il ne sied pas de dire que notre Nation n'a qu'une fausse Littérature & une vaine Philosophie.

QUAND on a traduit & outré même la priere du Déiste composée par Pope, quand on a été privé six mois entiers de sa Charge en Province pour avoir traduit & envénimé cette Formule du Déisme, quand enfin on a été redevable à des Philosophes de la jouissance de cette Charge, c'est manquer à la fois à la reconnoissance, à la vérité, à la justice, que d'accuser les Philosophes d'impiété, & c'est insulter à toutes les bienséances de se donner les airs de parler de religion dans un Discours public, devant une Académie qui a pour maxime & pour loi de n'en jamais parler dans ses Assemblées.

QUAND on prononce devant une Académie un de ces Discours dont on parle un jour ou deux, & que même quelquefois on porte aux pieds du Trône, c'est être coupable envers ses Concitoyens d'oser dire dans ce Discours que la Philosophie de nos jours *sappe les fondemens du Trône & de l'Autel.* C'est jouer le rôle d'un délateur d'oser avancer *que la haine de l'autorité est le caractere dominant de nos productions*, & c'est être délateur avec une imposture bien odieuse, puisque non-seulement les Gens de Lettres sont les sujets les plus soumis ; mais qu'ils n'ont même aucun privilege, aucune prérogative qui puisse jamais leur donner le moindre prétexte de n'être pas soumis. Rien n'est plus criminel que de vouloir donner aux Princes & aux Ministres des idées si injustes sur des Sujets fideles, dont les études font honneur à la Nation; mais heureusement les Princes & les Ministres ne lisent point ces Discours, & ceux qui les ont lu une fois, ne les lisent plus.

QUAND on succéde à un homme bizarre, qui a eu le malheur de nier dans un mauvais Livre les preuves évidentes de l'existence d'un Dieu, tirées des desseins, des rapports & des fins de tous les Ouvrages de la Création, ſeules preuves admiſes par les Philoſophes, & ſeules preuves conſacrées par les Peres de l'Egliſe ; quand cet homme bizarre a fait tout ce qu'il a pu pour infirmer ces témoignages éclatans de la nature entiere ; quand à ces preuves frappantes qui éclairent tous les yeux, il a ſubſtitué ridiculement une équation d'algébre, il ne faut pas dire à la vérité que ce raiſonneur étoit un Athée, parce qu'il ne faut accuſer perſonne d'athéiſme, & encore moins l'homme à qui l'on ſuccéde : mais auſſi ne faut-il pas le propoſer comme le modele des Ecrivains religieux ; il faut ſe taire, ou du moins parler avec plus d'art & de retenue.

QUAND on harangue en France une Académie, il ne faut pas s'emporter contre les Philoſophes qu'a produit l'Angleterre, il faudroit plutôt les étudier.

QUAND on eſt admis dans un Corps reſpectable, il faut dans ſa Harangue cacher ſous le voile de la modeſtie l'inſolent orgueil qui eſt le partage des têtes chaudes & des talens médiocres.

# LES SI.

SI *on n'eſt pas Homme de Lettres, quoiqu'on ait beaucoup lu & beaucoup écrit, quoiqu'on poſſéde les langues & qu'on ait fouillé les ruines de l'antiquité, quoiqu'on ſoit Orateur, Poëte ou Hiſtorien*, on l'eſt encore moins lorſqu'on n'a qu'une érudition ſuperficielle, qu'on ignore l'antiquité, qu'on n'eſt pas Hiſtorien, & qu'on ſe réduit à n'être qu'un Rhéteur emporté & un Poëte médiocre.

SI *on n'eſt pas Philoſophe pour avoir fait des Traités de Morale & de Métaphyſique, atteint les hauteurs de la Géométrie, & révélé les ſecrets de l'Hiſtoire naturelle*, on l'eſt encore moins lorſqu'on ignore ces choſes & qu'on s'aviſe d'inſulter à ceux qui les ſçavent.

SI *pour être Homme de Lettres & Philoſophe il faut être vertueux & Chrétien*, Homere & Horace n'étoient pas Hommes des Lettres, Socrate & Platon n'étoient pas Philoſophes.

SI *la haine de l'autorité étoit le caractere dominant des productions de notre littérature*, il faudroit faire connoître & punir les Auteurs séditieux qui consacreroient dans leurs Ouvrages l'esprit de révolte & le mépris des loix ; mais si les Gens de Lettres ne sont pas coupables de ces excès, si c'est le fanatisme même de leurs persécuteurs qui a mis le poignard aux mains d'un parricide, il faut avoir en horreur celui qui les calomnie.

Si les Gens de Lettres étoient séditieux, ils le seroient sans prétexte & sans intérêt ; mais si ceux qui les accusent de sédition attentoient à l'autorité du Souverain, ils auroient des prétextes qu'on a souvent fait valoir, & des intérêts qu'on n'a jamais négligés.

Si un homme qui accuse les Philosophes de vouloir sapper les fondemens du Trône & de haïr l'autorité, avoit peint de couleurs odieuses une recherche de possessions des Citoyens, sagement ordonnée par le Souverain, s'il avoit appellé cette recherche *un genre d'Inquisition, ressemblant à un dénombrement d'esclaves*, si ce même homme avoit osé envenimer, par une ironie insolente & injuste, l'attention que son Roi a donnée à des essais d'Agriculture, si dissimulant ce qu'il y a de louable dans ces amusemens vraiment dignes d'un d'un Monarque, il n'y avoit trouvé qu'une occasion de lui dire avec amertume : *Sire, des spéculations, des machines qu'on vous présente, des essais faits sous vos yeux ne rendront pas nos champs moins incultes ; le Parc de Versailles ne décide point de l'état de nos Campagnes.* Cet homme, après avoir insulté de la sorte à l'autorité ne seroit-il pas bien imprudent d'accuser des Citoyens paisibles & soumis, de haine pour l'autorité ?

Si un Prince *s'exagere les malheurs de ses peuples*, qui n'ont pas besoin d'être exagérés pour être sentis, il ne faut pas dire que ce sentiment de bonté du Monarque suffit *pour adoucir les malheurs de ses Sujets*, parce que la bonté des Princes doit être agissante comme celle de la Divinité, & qu'une pareille maxime tendroit à la détourner d'agir ; mais heureusement nos Princes ne se conduisent pas d'après les maximes de l'Auteur du Discours.

Si un homme dont l'intérêt guide toutes les démarches, veut flatter l'autorité après l'avoir publiquement insultée, il ne doit pas se permettre de passer sans intervalle au dernier dégré de la flatterie ; parce que celui qu'il voudroit flatter, n'ayant pas oublié l'insulte, verroit trop clairement que le changement dans le ton, ne prouve autre chose qu'un changement dans les intérêts.

Si les Gens de Lettres sont divisés entr'eux, il faut regarder cette division comme une suite de la foiblesse humaine, & ne pas s'en prévaloir pour décrier la littérature ; mais si ceux qui déchirent les Gens de Lettres sont animés du même esprit que l'Auteur du Discours, si ce déclamateur leur donne lui-même l'exemple de cette fureur, de quel front ose-t-il la reprocher à son siécle ?

Si quelque homme de Lettres s'éleve contre ce que la naissance & les dignités ont *de plus éminent* en écrivant une satyre personnelle, un Gouvernement modéré le punira en proportionnant la peine à l'injure & en estimant l'injure avec équité ; mais si quelques Gens de Lettres fuyent le commerce des Grands, s'ils ne sont pas de vils flatteurs, s'ils jugent l'homme au travers de son rang, s'ils écrivent que tous les hommes sont égaux ; il faudra estimer ces sentimens en eux, ou ne pas les calomnier lorsqu'on ne peut y atteindre.

S'il *ne faut pas afficher dans le Sanctuaire des Lettres l'anathême qui les proscrit*, que doit-on dire d'un Discours à l'Académie, qui n'est qu'une satyre des Lettres & de ceux qui les cultivent ?

Si les Bibliothéques formées des Ouvrages de notre siécle n'étoient qu'un recueil d'écrits scandaleux, frivoles ou insolens, on pourroit y trouver *la priere du Déïste, le voyage de Provence, &c. Et le Discours prononcé le* 10 *Mars à l'Académie Françoise.*

Si l'Auteur de ce Discours n'étoit pas fort touché de l'honneur qu'on lui faisoit en le recevant dans une Compagnie respectable, il pouvoit cependant s'abaisser aux expressions de la reconnoissance que les Corneilles & les Racines ont employées, il ne devoit pas dire à ses Confreres pour tout remerciement *qu'il a été appellé par leurs suffrages*, ou il devoit ajouter qu'il les avoit déjà demandés sans les obtenir.

Si la mort de M. de Maupertuis a été fort édifiante, il ne faut pas en prendre occasion de décrier la vie de quelques Philosophes qui pourront mourir aussi chrétiennement que lui.

Si M. de Maupertuis a désavoué les conséquences qu'on a voulu tirer de ses opinions Métaphysiques sur l'essence de la matiere, & s'il s'est justifié sur le reproche d'irréligion, on peut croire qu'il n'avoit pas prévu ces conséquences, & qu'il étoit tout-à-fait revenu des principes qu'on prétend qu'il avoit affiché dans sa jeunesse; mais il ne faut pas donner sa justification comme une Formule que doivent suivre tous ceux qui seront accusés de la sorte : il ne faut pas dire que celui qui croit une Religion révélée croit tout, parce que les Juifs, les Luthériens, les Calvinistes, les Sociniens même croyent à la *Révélation*, *prononcent ce mot* si décisif, & ont encore beaucoup de choses à croire, & sur-tout il ne faut pas communiquer à l'Académie Françoise cette observation Théologique fausse & déplacée, *comme trop importante pour la laisser échapper.*

Si M. de Maupertuis a été accusé faussement de liberté de penser, cet exemple même devoit rendre l'Auteur du Discours plus circonspect dans ses jugemens & plus retenu à former la même accusation.

Si la Religion n'étoit pas assez respectée dans quelques Ecrivains modernes, il faudroit travailler à les convaincre & à les éclairer; mais il ne faut ni calomnier les Gens de Lettres qui la respectent sans la prêcher, ni être la dupe de ceux qui la prêchent sans la respecter.

Si l'Auteur du Discours prononcé à l'Académie le 10 Mars 1760, n'a pas prévu l'opinion qu'il a donné de lui à beaucoup d'honnêtes gens, il est bien aveugle; mais s'il l'a prévue, *illi robur & as triplex*.

# LES *POURQUOI*.

POURQUOI M. L. F. a-t-il été reçu à l'Académie ? c'eſt qu'il a fait ſix mille petits Vers dont perſonne ne ſçait un ſeul, & une Tragédie dont on ne parle point hors du Théâtre, & que lorſque les grands talens ſont rares, on a de l'indulgence pour les talens médiocres.

POURQUOI M. L. F. a-t-il employé la moitié de ſon Diſcours à déclamer contre l'incrédulité & à décrier les Gens de Lettres? c'eſt que la réputation d'homme zélé pour lui devenir encore plus utile que ne lui a été celle d'Homme de Lettres.

POURQUOI a-t-il juſtifié ſi chaudement, ſur l'article de la Religion, M. de Maupertuis qui eſt mort & qu'on n'accuſoit plus ? pour rendre odieux ceux qui vivent & qu'on accuſe.

POURQUOI avance-t-il qu'on ne peut être Philoſophe ſans être Chrétien? Parce que ce n'eſt qu'en qualité de Chrétien qu'il peut prétendre à la Philoſophie.

POURQUOI a-t-il fait une Instruction Chrétienne, au lieu d'une Harangue Académique? Parce qu'il a composé son Discours, bien moins pour être récité à la l'Académie, que pour être lû ailleurs.

POURQUOI l'a-t-il débité avec tant de hardiesse? Par la raison que lorsqu'on insulte les gens chez eux, il faut les insulter hardiment, de peur d'être jetté par les fenêtres.

POURQUOI dit-il que l'*Académie n'a reçu dans son sein que des esprits sages, pleins de sentimens épurés sur tout ce qui fait l'objet de notre culte & de notre vénération*? Pour faire entendre tout le contraire.

POURQUOI dit-il que les Gens de Lettres se déchirent? Afin qu'on les déchire encore davantage.

POURQUOI dit-il que les Gens de Lettres enseignent à mépriser les plus grands modeles? Est-ce que les gens de Lettres méprisent Corneille & Bossuet? Pour recuser d'avance sur ses Ouvrages le jugement des Gens de Lettres.

POURQUOI dit-il que les *Gens de Lettres portent envie en secret aux Riches*? Afin de se consoler de la privation de beaucoup de choses, que ses richesses lui laissent encore à envier aux Gens de Lettres.

POURQUOI accuſe-t-il les Gens de Lettres de *s'élever avec une liberté cynique contre la naiſſance & les dignités* ? Pour trouver à ſa haine pour les Gens de Lettres, un appui dans les perſonnes reſpectables par leur naiſſance & leurs dignités.

POURQUOI l'Auteur du Diſcours dit-il en 1760 que *le Roi s'exagere les malheurs de ſes Sujets* : que *cela ſeul ſuffit pour les adoucir* : que *les François chers à leur Maître ne peuvent jamais être malheureux* ; après avoir dit en 1756 au Roi lui-même : Sire, toutes *les eſpeces d'Impôts ſont accumulées ſur vos Sujets .... ils y ſuccombent .... ils ſont traités plus impitoyablement que des Forçats ... on exerce ſur eux des vexations horribles ... ayez pitié d'un peuple épuiſé .... ſortez de cette enceinte de Palais ſomptueux, de ce concours de Courtiſans faſtueux ..... Vous verrez un Empire qui ſera bientôt un Déſert ... les Terres ſont ſemées dans les larmes & moiſſonnées dans l'affliction .... vos Sujets ont la certitude accablante d'être long-tems malheureux*. POURQUOI cet homme eſt-il ainſi en contradiction avec lui-même ? Ce n'eſt pas que la ſituation des Peuples ſoit devenue meilleure ; mais c'eſt que la ſienne a changé.

POURQUOI prenons-nous la peine d'écrire des Réflexions que toutes les perſonnes raiſonnables ont faites ſur le Diſcours prononcé le 10 Mars? Pour faire bien comprendre à l'Auteur de ce Diſcours, que tout le monde n'eſt pas dupe du zele affecté qu'il a fait paroître; pour dénoncer au Public en ſa perſonne une Secte nouvelle de faux dévots, qui menace également les Lettres & la tranquillité public, & afin qu'on ne confonde pas les vrais dévots modérés & modeſtes, qu'il faut reſpecter, avec les dévots politiques & perſécuteurs qu'il faut déteſter.

# REPONSES
## AUX *QUAND*, AUX *SI*, ET AUX *POURQUOI*.

# REPONSES AUX *QUAND*, AUX *SI*, ET AUX *POURQUOI*.

QUAND on a l'avantage d'être bon Citoyen, on doit saisir les occasions les plus éclatantes pour convaincre le Public qu'il est des Gens de Lettres qui respectent l'autorité, le Gouvernement & la Religion. Démasquer les nouveaux Philosophes, n'est pas insulter l'Académie ni le Public.

QUAND on reproche à certains Philoſophes de porter envie aux gens riches, ce n'eſt pas leur reprocher leur pauvreté. Sans ſçavoir ce que ces Meſſieurs penſent en ſecret, on peut tirer de leurs maneges & de leur conduite, les conſéquences qui naturellement en réſultent.

QUAND on a le malheur de vivre dans un ſiécle infecté par des écrits téméraires & séditieux; le décrier, c'eſt un devoir pour ceux qui font & pour ceux qui ne font pas honneur à leur ſiécle par leurs Ouvrages.

QUAND on a du mal à dire de ſa nation, il vaut mieux la taxer de n'avoir qu'une fauſſe littérature & une vaine Philoſophie, que d'inſinuer qu'elle n'a qu'une Religion ſuperſtitieuſe, un culte faux, un mauvais gouvernement.

QUAND on a composé des Ouvrages ſuſpects, c'eſt une raiſon de plus pour ne pas manquer l'occaſion de dévoiler ſes vrais ſentimens. Accuſer en général des Philoſophes de nos jours d'impiété, c'eſt rendre hommage à la vérité, à la juſtice. Quand des Ecrivains de tout rang inſultent à toutes les bienséances, en se donnant les airs de parler de Religion, pour la faire mépriser dans toutes sortes de Discours & d'Ouvrages; on ne doit pas s'étonner qu'un Philosophe Chrétien prenne le parti de sa Religion devant une Académie qui a pour maxime & pour loi de ne couronner aucuns Discours, qu'elle ne soit assurée qu'ils ne contiennent rien de contraire à la Religion, & au respect qu'on lui doit.

QUAND on dit que la Philosophie de nos jours sappe les fondemens du Trône & de l'Autel; que la haine de l'autorité est le caractere dominant de nos productions, on indique des Ouvrages qui ne sont que trop célébres, on ne parle qu'après l'autorité qui les a proscrits, on n'apprend rien de nouveau aux Princes & aux Ministres.

QUAND un homme n'a pas eu d'autre malheur que celui de substituer (si on veut, ridiculement) une nouvelle preuve de l'existence de Dieu à une plus ancienne, qui n'est pas à beaucoup près la seule évidente, admise & consacrée; il est à l'abri de tout soupçon d'athéisme : & on ne voit pas pourquoi il ne feroit pas permis de louer, dans ses Ouvrages, le respect pour la Religion.

Quand on harangue en France, on n'est pas tenu d'adopter la maniere Angloise de raisonner : & si on trouve dans les Philosophes Anglois le modéle & la source de l'impiété qui régne en France, il est beau de s'emporter contr'eux & leurs serviles imitateurs.

Quand on a de bonnes raisons pour se justifier, qu'on est modéré & modeste, on ne traite pas son Confrere, dans un écrit de dix-huit petites pages, d'infâme délateur, d'odieux imposteur, d'insolent orgueilleux, d'ignorent, de rhéteur emporté, de fanatique, de calomniateur, de déclamateur furieux, de tête chaude, d'homme à talens médiocres, dont l'intérêt guide toutes les démarches, qui a mérité d'être jetté par les fenêtre, *cui robur & æs triplex*, enfin, de faux dévot, politique & persécuteur, dont la secte nouvelle menace également les lettres & la tranquillité publique, & qu'il faut détester, &c. &c. &c.

# LES SI.

SI on est Homme de Lettres, quand on a beaucoup lu, beaucoup écrit, &c.; on est un Homme à détester, quand on a, sur la Religion, sur le Gouvernement, sur l'autorité, sur la société, sur le principe des vertus & des vices, les sentimens consacrés de nos jours dans plus d'un écrit.

SI on est Philosophe, quand on a fait des traités de Morale, &c.; quel nom donnerons-nous désormais à celui qui, pénétré de vénération pour le culte de ses peres, plein de zéle pour la gloire & la prospérité de l'Etat, de respect pour l'autorité, de soumission aux loix, d'exactitude aux bienséances, d'amour pour la société, travaille en secret toute la vie à devenir meilleur Chrétien, meilleur sujet, meilleur Citoyen, meilleur humain; ne donne au Public que des Ouvrages utiles, où brillent la vérité, la candeur, la modestie, la modération avec la force contre les nouveautés séduisantes, dont les sectateurs se donnent les airs de bouleverser à leur gré la Religion, l'Etat, la société & les mœurs ?

Si pour être Homme de Lettres & Philosophe, il faut n'être ni vertueux, ni Chrétien; on avoue que notre siécle l'emporte, en Philosophes, sur tous les siécles passés.

Si la haine de l'autorité n'étoit pas le caractere dominant des productions de notre littérature, on ne verroit pas le Public allarmé, les honnêtes Gens indignés, les vrais dévots désolés : on ne verroit pas tous les hommes sensés, les vrais Citoyens, les Amateurs de la société & de la vertu, déplorer la honte de leur siécle: on ne verroit pas enfin l'autorité sévir contre des Ouvrages qui feroient honneur à la Nation.

S'il est une calomnie noire, atroce, horrible, détestable, c'est celle dont on se rend coupabable en osant attribuer, faussement, témérairement & sans la moindre vraisemblance, à une secte imaginaire de Citoyens, le plus abominable des crimes. Seroit-ce là la nouvelle Philosophie ?

Si

Si les incrédules ( & ce sont les seuls contre lesquels M. le F. s'est emporté ) avoient quelque prétexte, quelqu'intérêt à prêcher leurs nouveaux dogmes, à se faire des disciples, ils choisiroient, pour réussir, la plus détestable de toutes les voies. Mais vouloir, sans aucun intérêt, nous rendre méprisable ce que nous avons eu jusqu'ici de plus sacré, vouloir effacer de l'esprit & du cœur des hommes ce qui est le plus profondément gravé, dans la seule vue de se distinguer par le beau titre de Philosophes & d'esprits forts, c'est le comble de l'extravagance.

Si c'est être criminel que de se servir des termes les plus forts, les plus énergiques, quand on fait entendre jusqu'aux pieds du Trône les gémissemens d'un Peuple accablé, M. le F. mérite le dernier supplice.

Si il est louable d'envenimer, par des interprétations malignes, ce qu'un Sujet fidele a cru pouvoir dire à un Monarque sensible & bien-aimé, l'Auteur des Si mérite la plus grande récompense.

Si, dans une harangue faite, non pas au

Roi, mais à l'Académie, c'eſt un crime de dire que les ſentimens de bonté du Monarque ſuffiſent pour adoucir les malheurs de ſes Sujets; ſi c'eſt là flatter l'autorité; ſi c'eſt même paſſer au dernier dégré de la flatterie; il faudra traiter d'indignes flatteurs, des courtiſans bas & ſerviles, tous ceux qui, dans quelque occaſion que ce ſoit, dans un Diſcours même où l'éloge du Roi eſt une obligation, s'aviſeront de parler aux François de la bonté, de la ſenſibilité du Monarque qui les gouverne.

Si tous les différends des Gens de Lettres, contre leſquels M. le F. s'emporte, enfantent des libèles auſſi peu polis, auſſi peu modérés que celui des QUAND, des SI, & des POURQUOI; déclamer contre une pareille façon de s'eſcrimer, en interdiſant toutes perſonnalités, toute invective, n'eſt pas donner l'exemple de cette fureur: c'eſt vouloir la corriger.

Si ceux contre leſquels M. le F. s'emporte ne forment, tout au plus, qu'une ſecte de Gens de Lettres; on ne doit pas dire, du Diſcours à l'Académie, que c'eſt une ſatyre des Lettres & de ceux qui les cultivent.

Si les Bibliothéques formées des Ouvrages de notre ſiécle ne contenoient pas des écrits ſcandaleux, frivoles, ou inſolens, on n'y trouveroit pas les *Penſées Philoſophiques*, les *Bijoux Indiſcrets*, l'*Eſprit*, &c. &c. &c. &c. &c.

Si d'odieuſes perſonnalités, dont on farcit ces miſérables libèles, ſont propres à dénoter une ſecte de Philoſophes modérés, modeſtes, & qu'il faut reſpecter, nous ne pouvous marquer trop de vénération à l'Auteur de ces Notes & à ſa ſecte.

Si les nouveaux Philoſophes veulent ſe faire eſtimer, qu'ils n'écrivent pas qu'*on ne peut atteindre à la ſublimité de leurs ſentimens*; qu'ils ne s'arrogent pas le premier rang dans la ſociété; qu'ils reſpectent la naiſſance, les dignités; & qu'ils ſe jugent eux-mêmes, au travers de leur orgueil & de leur vanité.

S'il eſt vrai que quelques Philoſophes peuvent mourir auſſi chrétiennement que M. de Maupertuis, ce n'eſt pas une raiſon de ne pas décrier leur vie, ſi elle eſt ſcandaleuſe & répréhenſible.

Si un Auteur a donné occasion, dans ses Ouvrages, de tirer des conséquences téméraires & impies, & qu'il refuse de les désavouer; il est bien justement taxé d'irréligion & d'impiété. En matiére de religion & de mœurs, on n'est jamais long-tems accusé & innocent.

Si M. de Maupertuis a été faussement accusé, ce n'est pas une raison pour ne pas accuser ceux qui, comme M. de Maupertuis, ne désavouent pas, sincèrement, publiquement & expressément, les sentimens qu'on leur suppose.

Si, pour faire respecter la religion par cette foule d'Ecrivains modernes qui ne peuvent se dispenser d'en parler & d'en médire, il n'y avoit d'autre voie que de convaincre des incrédules obstinés, & d'éclairer des aveugles; c'est alors que l'impiété & l'impudence marcheroient tête levée. Mais, par malheur pour ces nouveaux cathécumènes, la sûreté de l'état l'intérêts de la société, les cris du public, demandent qu'on punise ces cyniques apostats, dont les écrits infâmes feront éternellement la honte & l'opprobre de l'humanité.

# LES *POURQUOI*.

POURQUOI trouve-t-on ſingulier que les talens de M. le F. lui ayent mérité une place à l'Académie? C'eſt qu'il n'eſt pas du nombre des nouveaux Philoſophes : il oſe être vertueux & Chrétien.

POURQUOI le zele de M. le F. déplaît-il aux incrédules? C'eſt qu'ils en craignent les effets ; c'eſt qu'ils voyent augmenter tous les jours contr'eux l'indignation du Public.

POURQUOI reprocher d'avoir juſtifié M. de Maupertuis ſur l'article de la Religion? C'eſt que le nom célébre de Maupertuis auroit repréſenté dans la liſte infidele qu'ils font des prétendus Membres de leur Secte, & que M. le F. les prive de cet avantage.

POURQUOI veut-on abſolument qu'on puiſſe être Philoſophe ſans être Chrétien? C'eſt que le titre d'*Anti-Chrétien* eſt devenu, dans un certain monde ſynonime à *Philoſophe*.

Pourquoi dit-on que le Discours de M. le F. est fait pour être lu ailleurs qu'à l'Académie ? Pense-t-on qu'à l'Académie on ne puisse parler du respect du à la Religion ? Non, mais on voudroit le faire penser.

Pourquoi dire que M. le F. a insulté les Académiciens chez eux ? C'est qu'on voudroit persuader l'Univers entier que, par-tout où il y a du bon sens, de l'esprit, de la littérature, il n'y a ni religion ni vertu.

Pourquoi faire entendre que l'Académie est peuplée d'incrédules ? C'est que ceux qui le sont ne cessent d'insinuer faussement que tout est infecté de leurs pernicieux dogmes, & que le mépris de la Religion est le caractere distinctif des gens d'esprit, même de ceux qui la prêchent.

Pourquoi les nouveaux Philosophes ont-ils tant de peur qu'on les décrie ? C'est qu'ils sont coupables & qu'ils ne sont pas les plus forts.

Pouquoi cite-t-on *Corneille* & *Bossuet* pour de grands modeles ? C'est qu'on n'a pas osé y substituer *Did.* & l'*Ab. de P.*

POURQUOI dit-on que les richesses de M. le F. lui laissent beaucoup de choses à envier aux Gens de Lettres? C'est pour faire entendre qu'il n'est qu'un ignorant en Philosophie & en Littérature, puisqu'il est Chrétien.

POURQUOI chercheroit-on un appui dans les personnes respectables par la naissance & les dignités contre les incrédules? On ne les craint pas; on les méprise.

POURQUOI ce malicieux assemblage de quelques mots épars çà & là dans le Discours de 1756? Seroit-ce pour nous convaincre qu'il est encore de vrais Citoyens qui, sans être éblouis de l'éclat du trône, osent découvrir au Monarque toute la misere de son Peuple? Oh! non. Seroit-ce pour rendre M. le F. suspect au Gouvernement? on le voudroit bien. Mais non; c'est qu'on voudroit, malgré le Discours de 1760, malgré tout ce qu'on dit dans ce Libèlle, grossir la liste des séditieux & des mécontens du nom respectable de M. le F.

POURQUOI a-t-on écrit ce Libelle? Pour tâcher de soutenir le parti de l'irréligion &

de l'impiété qui ſe voit décheoir tous les jours du haut rang qu'il s'étoit orgueilleuſement arrogé dans la république des Lettres; pour inſinuer aux libertins que tout ce qui s'écrit, tout ce qui ſe dit de favorable à la Religion dans les Chaires, dans les Diſcours, dans les Ouvrages d'eſprit, ne part que d'un zele affecté, intéreſſé & politique; pour faire prendre le change, en dénonçant inſolemment au Public, comme une Secte nouvelle & qu'il faut déteſter, la ſociété des Chrétiens perſuadés de leur Religion, qui, pleins de vénération pour le culte de leurs peres, ne peuvent lire ſans frémir, ne peuvent entendre ſans rougir les exécrables maximes que prêche notre nouvelle Secte de Philoſophe.

*FIN.*

www.ingramcontent.com/pod-product-compliance
Lightning Source LLC
LaVergne TN
LVHW050421160826
845677LV00002BA/464

* 9 7 8 2 3 2 9 7 5 1 5 1 1 *